海と空へ

Ayumu Takahashi

高橋歩

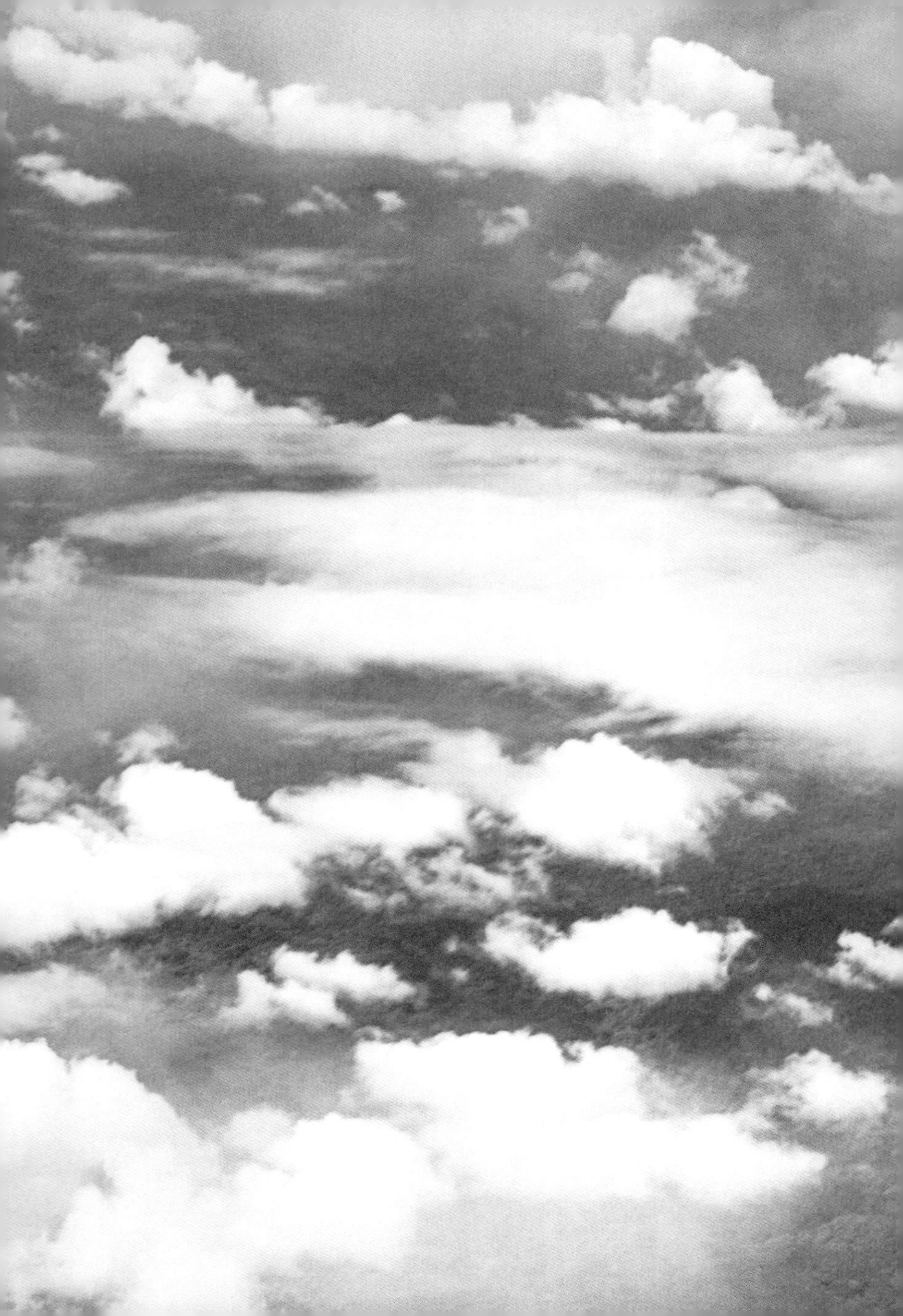

息子の海。娘の空。
もうすぐ、この家から、
巣立っていくふたりへ。

両手いっぱいのＬＯＶＥと、
ちょっぴりのさみしさを胸に。

父ちゃんから、
心を込めて、応援歌を贈ります。

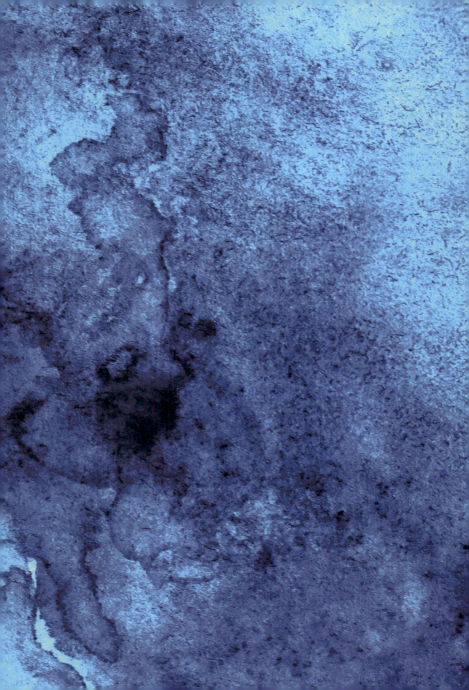

prologue

– はじめに –

海と空へ。
これは、父ちゃんから、
海と空への手紙です。

とうちゃん。
一緒に暮らしているのに、
なんで、わざわざ、手紙書くの？
ふたりは、そう思うかもしれないな。

でもさ、ちょっと考えてみて。
海は、もう、半年後から、
家を出て、遠くで暮らすことになるでしょ。
空も、数年後、高校入学の年からは、
家を出ることになりそうだし。
家族みんなで過ごせる時間は、
もう、そんなに長くないよな。

だから、父ちゃんさ。

海と空が家を出る前に、
父ちゃんの気持ちを、
ふたりに、ちゃんと伝えておきたい。

そう思ったんだ。

沖縄の大きな海と空に包まれた、
小さな白い家で。

「海」という名の
男の子が生まれてから、14年。

「空」という名の
女の子が生まれてから、12年。

父ちゃんは、
仕事がうまくいかなかったり、
ママとケンカしてブルーなときでも、
海と空と一緒にいると、
いつも、なんか楽しくて、
明るい気持ちになれたんだ。

海と空の笑った顔を見ていると、
いつも、パワーがわいてきた。

海と空が生まれてきてくれて、
本当に、よかったと思ってるよ。

これからの海と空の人生が、
なるべく、楽しく、
幸せなものになるように。

いつもの父ちゃんワールド全開で、
明るく、元気に、楽しく。
心を込めて、手紙を書いてみようと思う。

Let’s start the bohemian’s love letters!

One love, One world!

Love & Free.

海と空へ

11 letters from father to children

CONTENTS

1. Birth-　生まれたときの話

まずは、ふたりが、
生まれたときの話からいこうか。

海、空が生まれてくるとき、
父ちゃんとママは、
どんな気持ちだったか。

そんなことを、書いてみるね。

海が生まれたのは、
今から14年前。
２００２年の10月４日。
父ちゃん、30歳。
ママは、29歳のときだった。

結婚してから数年、
なぜか、子供が出来なくて、
父ちゃんとママは、
悩んでいたときだったから・・・

海がママのお腹の中にいるってわかったとき、
それは、もう、大事件だったよ。

病院から戻ったママが、
いきなり、見たこともないくらい、
嬉しそうな顔で、大泣きしながら。

こども、できてた・・・
って、報告してくれて。

父ちゃんも、つられて、
一緒に、ぽろぽろ泣いちゃって。

父ちゃんも、ママも、
あんまり幸せすぎて、
ずっと、ずっと、涙が止まらなかった。
なんか、そのときの空気、
思い出すだけで、また、涙が出そう。

そこから、海は、
ママのお腹の中で、すくすくと育って。
いよいよ、海が生まれてくる直前、
出産3日前の深夜2時のこと。

父ちゃんは、
バイクで大きな事故を起こして、
意識不明の重体のまま、
救急車で、病院に運ばれたんだ。

生きるか死ぬか、五分五分です。
お医者さんに、そう言われるほど、
やばい状態でさ。

そのときのママの頑張りは、
今、思い出しても、
父ちゃん、頭が下がる。

生まれる寸前の海が入った、
大きなお腹を抱えて。

両親や友達への連絡から、
警察、病院との対応まで、
本当に、いろいろ頑張ってくれた。

意識も戻らず、包帯ぐるぐる巻きで、
死にそうになっている父ちゃんを心配しながら、
ママは、産婦人科に、かけ込んで。

心も、身体も、疲れ切っている中、
ひとりきりで、出産の痛みと闘いながら、
無事に、海を生んでくれたんだ。

しばらく経ってから、ママが言ってた。
深夜に、警察から電話があって、
病院に飛んで行ったら、
お医者さんが、いきなり、
「旦那さんは助からないかもしれない」って。
歩がいない未来を想像したらゾッとしたけど、
そのとき、私、想ったんだ。

生まれてくる海のためにも、
私が強くならなきゃって。

今、想うと、あのときに、
私の中に眠っていた何かが、
目覚めたのかもしれない。

海が生まれて、数日後。
父ちゃんは、ようやく、意識を取り戻してさ。
1日も早く、海とママと暮らしたかったから、
お医者さんの言うことを無視して、
強引に、自宅に戻って。

そこから、ママとふたり。
互いに、ボロボロの身体にムチ打ちながら、
スーパーかわいい赤ちゃんの海を、
必死に育てていく日々が始まったんだ。

それから、約１年10ヶ月後。
２００４年７月27日。
父ちゃんとママの子供として。
そして、海の妹として。
空が、この世に、生まれてきてくれた。

空が生まれるときは、
もちろん、父ちゃんは事故もなく。
1歳のやんちゃ坊主の海と一緒に、
ずっと、ママの横にいながら。

3人で、手をつないで、
初めて、空と逢えるのを、
ドキドキしながら待ってた。

オギャー！　あー！って、
ＲＯＣＫなシャウトをしながら、
空が生まれてきたとき、
父ちゃん、震えたね。

あまりに嬉しくって、
信じられないほど、感激しちゃって、
うまく話せず、おーおー、とか言いながら、
意味不明に、ぷるぷるしてたもん。

ママは、すごく、おだやかな表情をしてて。
海は、不思議そうに、キョトンとしてたな。

もちろん、
自分が生まれたときのことは、
ふたりとも、覚えていないだろうけど。

父ちゃんとママにとっては、
人生で、一番の思い出。

絶対に忘れられない、
本当に、大切な大切な時間。

そんな愛する子供たちに。
父ちゃんとママは、
こんな気持ちを込めて、
海、空、という名前を付けたんだ。

命名：高橋海

海のように強く。
海のように優しく。
海のように大きく育ってほしい。

命名：高橋空

空のように、
どこまでも広がる自由な気持ちと、
大きく包み込むような優しさを持った女性に。

海と空が生まれて、
じいちゃん、ばあちゃんたちも、
飛び上がるほど大喜びしてたし、
父ちゃんとママの友達も、
いっぱいいいっぱい、お祝いをしてくれた。

そうやって、海と空は、
多くの人に愛されて、望まれて、
この世に、生まれてきたんだ。

2. 365 days-　赤ちゃんだった頃

海。空。
それぞれの１歳の誕生日に、
父ちゃんとママは、
アルバムを作ったんだ。

そのとき、ママが書いた文章を、
ここにのせておくので、
海と空も、読んでみてごらん。

生まれてから、最初の１年。
ママは、こんな気持ちで、
海と空を、育てていたんだね。

『海と過ごした３６５日』

２００2年10月４日に、海が生まれました。
元気のいい男の子です。
言葉では、言いあらわせないほど、
嬉しかったのを覚えています。
私たちのところに生まれてきてくれてありがとう。
心から、そう思いました。

生まれて間もない頃、しばらくは、
海のしゃっくりが止まらず不安になったり、
おっぱいで悩んだりする日々でした。
今思えば、なつかしいなあ・・・
今は今で、海の離乳食や食事タイムに、がんばり中です！

海が成長するにしたがって、
首がすわり、寝返りするようになり、
ちょこんと座れるようになり、
おかゆを食べれるようになり、ハイハイしたり、
しゃべれるようになったり、つかまり立ちしたり・・・
毎日いろんな発見があって、
今日は、こんなことできた！と感動してばっかりで。

海が生まれてからは、
今までと世界が変わったなと思いました。
海のおかげで、今まで気付かなかった事に気付いたり、
いろんな人との交流が増えたり、
新しい友達ができたりしました。
海には、本当に感謝しています。

毎晩、海を真ん中に挟んで、
父ちゃんと３人で「川」の字で寝転がりながら、
「今日の海は〇〇だったね」
「これから、〇〇な楽しい事があるね」
「本当に可愛いね～、海が１番だね！」なんて、
毎日のように語っていました。

世の中に、こんなに愛しい、
こんなにかわいい存在があるということを、
初めて知りました。

海が生まれてからの３６５日は、
本当にあっという間に過ぎたけど、
１日１日をよく覚えています。

これからも海の成長を見逃さず、
すぐそばで、見守っていきたいし、
自分も、海と一緒に、ママとして成長しながら、
のんびり楽しんで、子育てしたいな。
いつもおだやかで・・・できるかな!?

最近は、「チビ歩」みたいになってきた海も、
ますます、元気いっぱい!
よく食べ、よく寝て、家中を荒らしまわり、
キャーキャー奇声をあげています。

これから、もっともっと、
男の子らしくなっていくんだろうな。
楽しみでもあり、ちょっと恐怖でもあります。

3人で過ごした日々の中で、
いろいろと相談にのってくれたり、
支えてくれた歩。
365日間、ずっと一緒だった海。
そして、両親やいろいろお世話になった方々に。
ありがとう。

歩と出会い、結婚して、
ふたりの子である、海が生まれて365日。
歩と海と暮らしながら、今、ママは幸せです。
これからも一緒に、ゆっくり歩いていこうね。

ママ　高橋清佳
2003年10月4日　海の1歳の誕生日に。

『空と過ごした365日』

2004年7月27日、午後10時38分。
元気な女の子が生まれました。
陣痛に耐えながら、歩に励まされながら、
空が生まれてくるのを、家族みんなで、
楽しみにしていたのをよく覚えています。

産後は、海ひとりの時とちがって、
チビちゃんが2人になったので、
いろんな面で大変だったけど、
ドタバタしながらも、みんなで協力しながら、
にぎやかで、楽しい毎日だったね。

大きなお口を開けて笑ったり、
おしゃべりしたり、前つんのめりで歩いている、
いろんな表情の空は、本当に可愛らしくて。

だんだん空が大きくなり、
寝てばかりの赤ちゃんじゃなくなると、
兄妹のからみもでてきて、
ママは、ハラハラしながらも、
ふたりのことを、微笑ましく見ていたよ。

ふたりで仲良く、くっついて眠ったり、
じゃれあったり、笑いあっている姿を見て、
ママは、すごく幸せな気持ちになったな。

空とは、女性同士なので、大きくなったら、
一緒に料理したり、買い物に行ったり、
一緒にやりたいなと思うことが、たくさんあるよ。
ママは楽しみです。

そして、どんな女性になるんだろう・・・
今の感じだと、元気で活発な子になりそうだけど、
ママは、健康に育ってくれるだけで充分です。
あとは、父ちゃんのように、
優しい部分を持ってくれたら嬉しいかな。

イライラしたり、怒っちゃうことも多いし、
ママも、まだまだ、これからだけど・・・
父ちゃんと海と空が、
気持ちよく、楽しく過ごせるように頑張るね。
これからも、みんなで一緒に成長しながら、
楽しい人生を送りましょう！

歩、海、空、両親、お世話になった方々、
今まで本当にありがとう。
海が1歳になった時にも、すごく感じたけど、
周りの人への感謝の気持ちでいっぱいです。

今夜も、海と空の寝顔を見ながら、
ひとり、静かに過ごしていると、
つくづく、家族がいる幸せを実感します。
やっぱり、家族って、いいなあって。

海と空が起きているうちは、
常に、バタバタとうるさくって、
そんなことを思う余裕もないですが・・・

ママ　高橋清佳
2005年7月27日　空の1歳の誕生日に。

海と空がくれた、
いろんなあったかいもの。
それが、父ちゃんとママの、
心の中の大切な場所に、
今でも、いっぱい残ってるよ。

3. Life is wonderful-　人生は素晴らしい

そして、今。
海は、14歳。空は、12歳。

日本人の平均寿命は、
男が80歳、女が86歳だし、
まだまだ、ふたりの人生は、
始まったばっかりだな。

父ちゃんも、今年で44歳だから、
もう半分を過ぎたけど、
今まで生きてきて、マジに思う。

人生って、素晴らしいものだよ。

本当に、生まれてきてよかった。

もちろん、父ちゃんの人生も、
失敗したり、失恋したり、バカにされたり、
無視されたり、裏切られたり、
大切な人が死んでしまったり、
辛かったり、苦しかったり、
逃げ出しそうになったり、死にかかったり、
ブルーなことも、山盛り、特盛りだったよ。

でも、それに負けないくらい、
いや、ブルーなことなんて忘れちゃうくらい、
楽しかったり、嬉しかったり、
感動したり、抱きしめあったり、
愛しあったり、喜びあったり、
なぐさめあったり、支えあったり、
仲間とハイタッチしたり、乾杯したり、
はしゃぎあったり、嬉し泣きしたり、
超ウルトラ山盛り、素敵なことがあった。

生きていくのは、大変だし、
辛いときや苦しいときも、
たくさんあると思う。
でも、それ以上に、
楽しいことがいっぱいある。
それは、父ちゃんが保証するよ。
だから、海と空も。
これからの人生を、楽しみにしていい。
いつも、自分の心の声に正直に。
人生っていう冒険を、
おもいっきり、楽しんでいこうぜ。

4. Mom-　ママのこと

最初にも書いたように、
家族４人で暮らせる時間は、
もう、残りわずかだよな。

そのうえで、まず、
海と空に、伝えたいこと。

それは、やっぱり、
ママのことかな。

ママは、父ちゃんのように、
口がうまくないから、
気持ちが伝わらなかったり、
誤解されることもあるけど。

海。空。
ふたりが生まれたときから。

ふたりの命には、
ママの全力の愛情が、
どれだけ注がれてきたか。

それを忘れたら、
さすがに、バチあたるぜ。

ママは、若い頃、ずっと働いていたし、
仕事もしっかり出来る人だけど、
結婚するときに、父ちゃんが頼んだから、
今は、専業主婦をやっている。

だから、外に出て稼ぐかわりに、
家族みんなが気持ちよく暮らせるように、
毎日、毎日、見えないところで、
一生懸命、家のことをやってくれているよな。

父ちゃんが仕事に集中できているのも、
ママが、父ちゃんのために、
最強のアシストをしてくれているからなんだ。

うちの家族が暮らしていくために、
みんなが使っているお金は、
父ちゃんひとりで稼いでいるわけじゃない。

父ちゃんとママ、ふたりで、
半分ずつ稼いでいる。

これは、ママを持ち上げているんじゃなくて、
父ちゃん、本気で、そう思ってる。

父ちゃんは、
仕事を頑張って、稼いでるからすごいけど、
ママは、何やってんの？
っていうのは、違うよな。

海が大好きなバスケに例えれば、
父ちゃんがシュートをキメられているのは、
ママが、陰で、うまくスクリーンかけたり、
ナイスパスを出しているからなんだ。

そして、
父ちゃんのため、だけじゃなく。
海と空のために、毎日、
ママがやってくれていること。
それを、リアルに思い出してみようか。

みんなの味の好みや健康を考えながら、
毎日、スーパーで買い物して、料理を作って。

すべての部屋の掃除をして、風呂の掃除をして、
布団や洗濯物を干したり、取り入れたり。

生活費やレシートを管理しながら、使い道を考えて。
消耗品をチェックして、足りなければ買って。
郵便物を振り分けたり、必要な手続きをしたり。

海と空の病院、習い事、遊びなどを、
ひとつひとつ調べたり、予約したり・・・

まぁ、軽く思い出しただけでも、
これだけあるんだぜ。
もし、ママの代わりに、
毎日、ぜんぶ、自分がやるとしたら・・・
それをイメージしてみれば、わかるよな。
ママの仕事って、目立たないけど、
かなり、大変なんだ。

ママは、わざわざアピールしないけど、
これを、ずっと、何年もやり続けていくのは、
簡単なことじゃない。

ママも、いろいろ悩みながら、
毎日、頑張ってる。

もちろん、こう言っている父ちゃんも、
ママにやってもらってあたりまえ、
って思っちゃうこともあるし、
みんなで、反省大会だな、こりゃ。

さぁ、あらためて、今から。

海、空、父ちゃん。３人ともに。
ママへの感謝を、忘れないでいこう。

いつもじゃなくていいから、
たまには、ママに、
「ありがとう」って伝えたり、
自分の当番以外のことでも、
出来ることは、手伝ったりしていこうぜ。

そして、今後、
海と空が、家を出てからも。

毎年、ママの誕生日と母の日には、
プレゼント&手紙を贈ってあげてな。

そしたら、ママ、
すっごく喜ぶと思うからさ。

以上、父ちゃん、海、空。
3人の約束ってことで。

よろしく！

5. Words-　スマホとコトバの使い方

さて、次は。

海も、空も、
毎日、肌身離さず、愛用している、
スマホについての話ね。

いい加減にしろ！ 取り上げるぞ！
なんていう話じゃないから、
心配しなくていいよ。

いつも言っているように、
もう、海も空も赤ちゃんじゃないし、
ゲームも、マンガも、動画も、
1日何時間まで、なんて決めないから、
自分の判断で、好きなだけ楽しめばいい。

父ちゃんも、子供の頃から、
ゲームやマンガが大好きで、
本当に多くの影響を受けてきたしね。

ただ、スマホを使うときに、
これだけは、注意しよう！

まず、ひとつめ。

ネット上に溢れる情報を、
そのまま信じないこと。

名無しやニックネームで書いてあることは、
ウソでも、ホントでも、なんの責任もないし、
証拠もないアバウトな情報を書いている奴、
まったくのウソを書いている奴、
そんな奴が、山盛りなんだ。

まぁ、それを責めているんじゃなくて、
それが、ネットっていうもんだ。

だから、書かれている内容を、
なんでも、そのまま信じちゃダメだぞ。

ネット上に溢れる情報、
特に、実名で書いていないものは、
あくまで、参考程度で。

これは、ホントかな?って、
一度、疑ってみたうえで、
自分なりに判断するクセをつけような。

あとは、ネット上で、
誰かの悪口を書くとか、
みんなでイジめるとか、
そういうダサいことは絶対にしない。

それは、海も、空も、
もう、わかっているとして。

注意したいのは、使うコトバだな。
ネット上では、その人の前で、
面と向かって言うわけじゃないし、
思わず、誰かに対してのコトバが、
乱暴になることがある。

ウゼェ！ 死ね！ ファック！ 消えろ！・・・

そういうコトバを、普段、
ネット上のやりとりで使っているうちに、
知らぬ間に、慣れてしまって、
そんなに悪いと思わずに、
日常生活の中でも、気軽に使っちゃう。
そんな子供が、今、すごく多いと思う。

それは、海と空が思っているより、
本当に危険なことなんだ。

誰かに言われた、
たった、ひとつのコトバ。

それをきっかけに、
キレて、人を殺してしまったり、
傷ついて、自殺してしまったり。

そんな悲しい事件、
人生さえ終わってしまうようなことが、
現実に、たくさん起きている。

そんなつもりで、
言ったわけじゃないのに・・・
ちょっとした、
ギャグのつもりだったのに・・・
マイナスの言葉を使ってしまった後で、
いくら言い訳しても、
取り返しの付かないことも多い。

コトバというのは、
いい意味でも、悪い意味でも、
本当に、大きなパワーを持っている。

目には見えないけど、
誰かを、すごく幸せな気持ちにすることもあれば、
ずっと心に残る、痛いキズを残すこともある。

だから、海と空には、
「自分が言われたら、どんな気持ちがするかな？」
いつも、そう考えられる人であってほしいんだ。

これは、父ちゃんとの大事な約束な。

ネット上でも、人の前でも。
なるべく、明るく、楽しく、
いい気分になるコトバを。

相手の気持ちを考えて、
傷つけるコトバは、使わないこと。

プラスのコトバを使う人のまわりには、
楽しい人、明るい人が集まるから、
自分の人生も、楽しくなっていく。

マイナスのコトバを使う人のまわりには、
ギスギスした、暗い空気が漂うから、
自分の人生も、つまらなくなっていく。

父ちゃんの体験からも、
リアルに思うけど。

コトバの使い方ひとつで、
人生って、大きく変わるぜ。

6. Difference-　トモダチ・キャラ・イジメ

父ちゃんは、海と空が、
兄妹や友達のいいところを、
嬉しそうに話しているのを見ると、
いつも、いいなって想うんだ。

「空ってさ、やっぱ、
好きなことは徹底的にやるもんな。
そういうところ、マジ、神だよ」

「海はさ、なにやっても、すぐにうまくなるし、
すぐに友達になっちゃうし、すごいよね」

「友達の○○○さ、あいつ、ホント、
頭の回転が速くて、なんでもすぐ答えちゃうし、
なんか、すげぇんだよな」

「○○○ちゃんって、ハチャメチャだけど、
本当はね、こんな優しいところがあるんだよ」

そんな風に、
誰かのいいところを話しているとき、
海も、空も、すごくいい顔してるもん。

今、世界には、約73億の人がいて、
日本にも、約1億2700万人の人がいて、
父ちゃんも、ママも、海も、空も、
友達ひとりひとりにも。

みんなに、いいところがあって、
わるいところがあるよな。

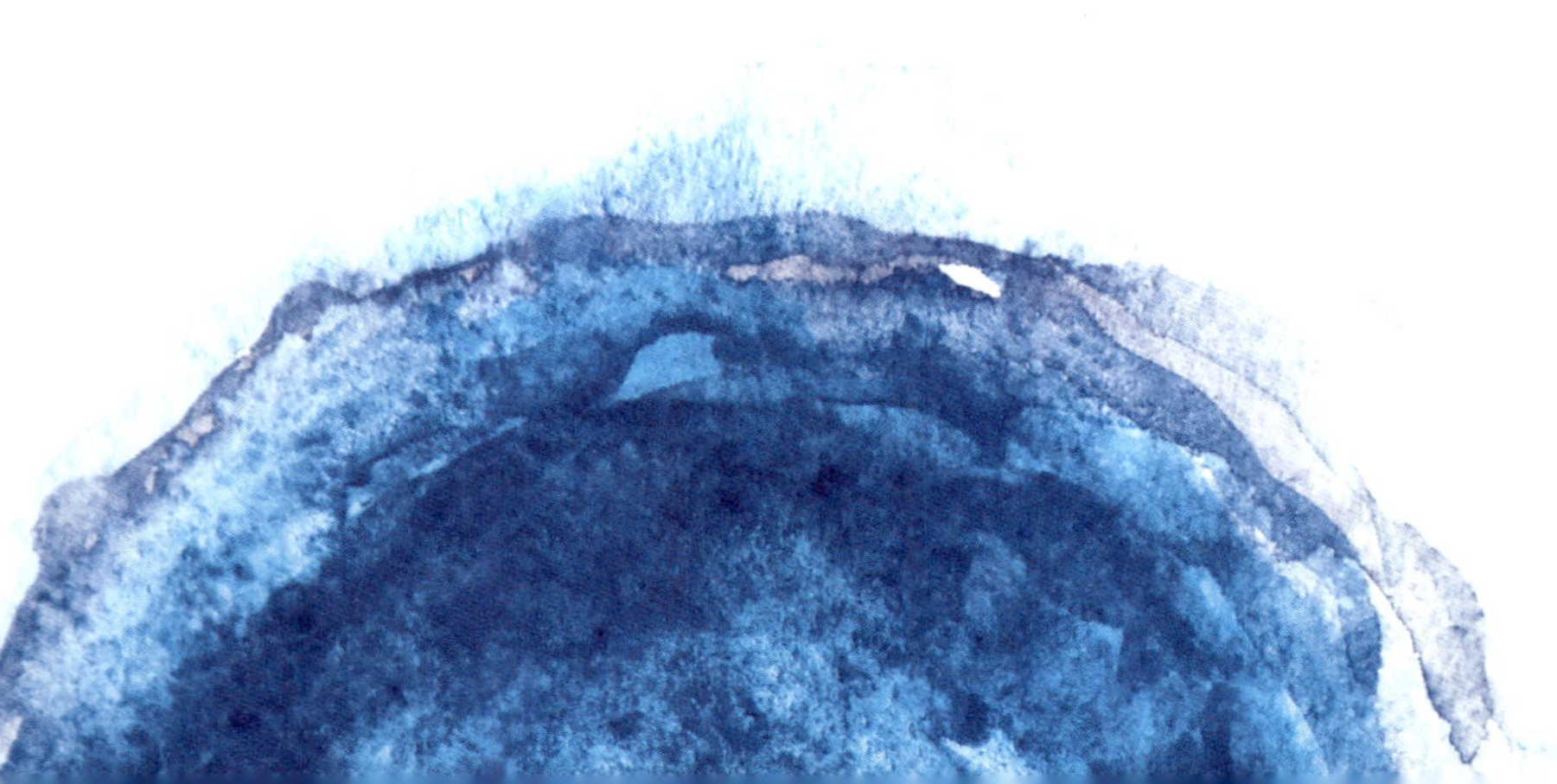

せっかくなら、
人のわるいところを責めるより、
いいところを誉める人でいようぜ。

そのほうが、自分の人生も、
楽しくなるしさ。

「この人の、いいところはどこだろう?」って、
みんなのいいところを、すぐに見つけちゃう。

そんな、海と空のままで、いてほしいな。

あとさ、人間って、
ひとりひとり、みんな違うじゃん。

学校が同じでも、年が同じでも、
顔が似てても、キャラがかぶってても、
もちろん、みんな、まったく違う人間。

得意なことも、苦手なことも、
みんな違うから、
ほとんどの人が、簡単にできることでも、
ある人にとっては、簡単じゃないこともあるよな。

だから、なにかが、すごく、
下手だったり、苦手だったり、
のんびりしている人がいたとしても。

ダメじゃん。クソじゃん。
こいつ、なんで出来ねぇの？
ツカえねぇー。

じゃないよな。

もし、そうやって、
みんなに、バカにされている人がいても、
いっしょになって、バカにするんじゃなくてさ。

これは苦手みたいだけど、
まぁ、気にすんなよ。
おまえの、あれ、すごいよな。
オレ、知ってるぜ。

大丈夫、大丈夫。
どうやったら出来るかね？
手伝うから、いっしょにやってみよう。

そんな気持ちで、さりげなく、
横にいて、応援してあげようぜ。

そして、もしかしたら、
海と空だって。

誰かにイジメられたり、
集団で嫌なことをされて、
辛い思いをすることがあるかもしれない。

もし、そんなときがあったら、
どうしようか？

父ちゃんが思うに、作戦は2つある。

ひとつめは、
ひとりで、ぶつかっていくぞ作戦。

もし、悔しかったり、
やってやる！って思ったら。

イジメてくる奴か、その集団のリーダーに、
「おまえ、マジ、やめろ！」って、
勇気を出して、言いに行っちゃいな。
もちろん、素手なら、ケンカもOK！

人のことイジメたりする奴なんて、
だいたい、たいしたことない奴だからさ。

あいつ、逆らってこないでしょって、
ナメているから、イジメるわけでさ。

こっちが、急に、強く攻めていくと、
案外、あっちもビビって、
もう、イジメなくなることも多いぜ。

相手がやめるまで、
逃げずに、何度でも、ぶつかってみな。

とうちゃん。
マンガじゃねぇんだし。
イジメられているときに、
それは無理だわ・・・

逆らったら、
余計にやばくなりそうで怖いし・・・
もし、そんな風に思った場合は、
もうひとつの作戦。
誰かに相談してみよう作戦もありだね。

父ちゃんやママでもいいし、
先生、先輩、友達でもいいし、
初めて出逢った人でもいい。

ちょっと、相談があるんだけど・・・
ひとつ、話したいことがあって・・・

そんな感じで、おもいきって、
うちあけてみるといいよ。

辛いときや、悩んだときは、
ひとりで抱え込まずに、
まず、誰かに、話してみることから始めよう。

それをきっかけに、誰かが、
解決のために、動いてくれるかもしれないし。
こうしたらいいんじゃない？って、
ナイスなアドバイスをくれるかもしれない。

辛いときに黙ったままでいると、なんか、
ひとりぼっちになったような気になっちゃうけど。

世の中って、ホントは、優しい人もいっぱいいるし、
絶対、誰か手伝ってくれる人が、みつかるよ。

これから、海も、空も。
困っている人がいたら、
どんどん、助けてあげような。
逆に、自分が困っているときは、
遠慮しないで、誰かに助けてもらおう。
そういう、助け合う気持ち。
海と空の生まれた沖縄のコトバで言うと、
「ゆいま〜る」。
この気持ちは、いつも、
胸に持っていてほしいな。

7. Lovers-　好きな人が出来たら・・・

さて、次は、ＬＯＶＥトーク。

これからの人生で、海も空も、
好きな人が出来て、つきあったり、
いつか、誰かと結婚して、子供を生んだり。
そういう日が、来るんだろうな。

誰かを、本気で好きになる。

それは、人生の中で、きっと、
一番、素敵なことで、
一番、悩みの多いことだ。

父ちゃんにとっても、
いや、たぶん、人類的に、
恋愛だけは、ラビリンス！
答えは、いつも、迷宮の中だな。

もし、父ちゃんが、海と空に、
伝えられることがあるとすれば、
自分の体験から学んだこと、
特に、ママと父ちゃんの話かな。

父ちゃんとママが出逢ったのは、
父ちゃんが20歳の大学生、
ママが19歳の専門学校生だった頃。

仲間が集まる飲み会で出逢って、
何度か話すうちに、
お互いに好きになって。

父ちゃんは、それまで、
他の女の子と暮らしていたんだけど、
速攻で、その子と別れて、ママに告白してさ。
かなり、気合い入ってるでしょ。

ママも、出逢ったばっかりの19歳の頃から、
私の夢は、歩の妻を究めること。
って言ってたし、かなり直球勝負でしょ。

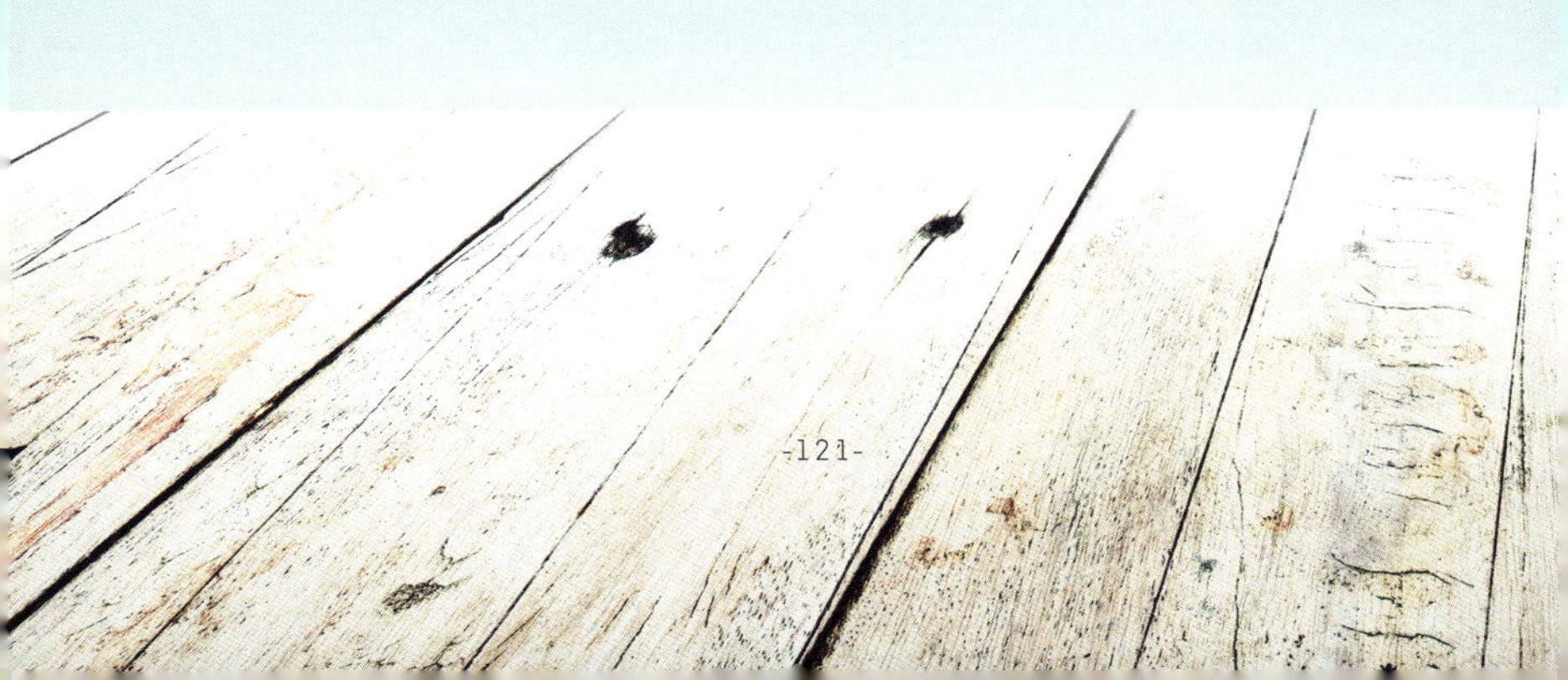

それから6年間つきあって、
父ちゃんが26歳のときに結婚して。

30歳で海が生まれて、
32歳で空が生まれて・・・

今年で、もう、結婚して18年。
つきあってからだと、24年になるけど、
愛変わらず、父ちゃんは、
ママのこと、大好きだし、
ママも、父ちゃんのこと、
好きでいてくれてると想うぜ。

24年間も、ずっと、
仲良く出来ている理由。

それは、すっごく単純。

ふたりで、ちゃんと、
気持ちを伝えあっているから。

それだけだと思う。

人っていうのは、お互いに、
変わり続けていくものだから。

まっすぐに向き合って、
お互いの気持ちを素直に話す時間が、
とても大切なんだ。

それが、あんまりなくなると、
知らぬ間に、変わっちゃって・・・
知らぬ間に、ズレていて・・・
最近、相手のことがよくわからなくて・・・
どうしても、そうなってしまいやすいと思う。

だから、父ちゃんとママは、
この24年間、ずっと変わらず。

どこにいても、なにをしてても、
お互いに、電話したり、メールしながら、
本当によく話してる。
気持ちを伝えあってる。

キャラも正反対だし、
好きなものも、価値観もまったく違うけど、
ふたりで、楽しく生きていくやり方を、
常に、見つけようとしているんだ。

好きな人と一緒に、
いつも、いつまでも、
楽しく生きていきたいとしたら。

ありがとう。
ごめんなさい。
愛してるぜ。
今の気持ち。考えていること。

そんなことを、
テレずに、伝えあうこと。

それが大切なんじゃないかな。

海と空にとっては、
まだ、イマイチ、ピンとこないかな？
まぁ、中高生のうちは、
恋愛っていっても、
かわいい！かっこいい！で、
突っ走ればＯＫ！
ぶっちゃけ、父ちゃんもそうだったしな。

ただ、いつかの未来に。
この人と、死ぬまで、
一緒に生きていきたい。
本気で、そう思える人と出逢ったときに、
ぜひ、思い出してみてよ。

P.S.

まだ、だいぶ先の話だろうけど、
結婚する相手について。

海は男だし、特に、言うことはなし。
親なんて関係なく、
自分が心に決めた人と、結婚すればいい。

もちろん、相手側の両親には、
心を込めて、あいさつに行ってこいよ。
テレずに、まっすぐ。
相手への愛を伝えれば、
きっと、受け入れてくれるからさ。

ただ、空は、女の子だし、
大切な娘ってことで。

相手の男については、
父ちゃんも、ぶっちゃけ、
いろいろ思うところもあるわけですよ。

万が一、うちの空を不幸にしたら殺す！（笑）
とか、ついつい、思っちゃうし。

でもね。
ママとも話して、決めたんだ。
空が、心に決めた人ならば、
父ちゃん、なにも言わない。

どんな男でも、
「空が選んだ男だから」ってことで、
全面的に信じて、受け入れるよ。
なので、将来、そういう人が出来たら、
安心して、紹介してくれ。

以上、父ちゃんのつぶやきでした。

8. Works & Dreams- 将来のシゴトについて

さぁ、次は、いよいよ、
父ちゃんの得意分野！

将来の夢。
やりたい仕事について。

海、空、それぞれについて。
父ちゃんと一緒に、
ゆっくり考えてみようぜ。

まずは、兄ちゃんの海からいこうか。
海は、今、バスケが大好きで、
大きな夢に向かって、
毎日、頑張っているよな。

2年後、名門の○○高校バスケ部に入学。
4年後、高校3年生までにレギュラーになり、
ウィンターカップ(全国大会)で、優勝する。

表彰式の優勝校インタビューで、
体育館の満員の客席に向かって、
トロフィーを持ちながら、ガッツポーズして・・・

父ちゃんと一緒に、
そんな夢の話を、よくしてるもんな。

海が、この夢を、夢で終わらせず、
リアルに実現していくために。

父ちゃん自身の体験から、
これは大事だったな、
今の海のためになりそうだな、
っていうアドバイスを、いくつか書いてみるので、
ぜひ、参考にしてみて。

まずは、夢を叶えるうえで、基本中の基本。
目標を決めて、計画を立てよう。

海の場合、目標はすでに決まっているな。
「4年後、ウィンターカップで優勝」
ぼんやりした目標ならよくないけど、
期間もゴールも明確だから、これならバッチリ。
あとは、この目標を実現するために。
海は、今から、なにをすればいいかな?

ただ、がむしゃらに、
毎日、なんでも、頑張ろうっていうよりも。

自分にあった計画を立てて、
必要な能力をちゃんと伸ばした方が、
うまくなるのは、１００倍早い。

例えば、「知識」「技術」「カラダ作り」。
テーマを３つに分けて。

それぞれについて、
今の海にぴったりの計画を立ててみよう。

例えば、「バスケの知識」だったら・・・
フォーメーションの基本を覚えたいので、
本を読んで、この1ヶ月でマスターする、とか。

「バスケの技術」だったら・・・
最強の3ポイントシューターになりたいので、
近所のコートで、毎日◯◯本、練習する、とか。

「カラダ作り」なら・・・
今、一番欲しいのは、ジャンプ力なので、
1日◯回、◯◯◯と◯◯◯を必ずやる、とか。

さっそく、スマホで検索したり、
本や雑誌で調べたり、
情報を持ってそうな人に相談したりしながら、
海なりに、ベストだと思う計画を、
じっくり、立ててみてごらん。

自分でやりながら、
悩んだり、困ったことがあれば、
いつでも声をかけて。
父ちゃん、相談にのるからさ。

決めるのは海だけど、
計画を立てるためのコツは、
いくらでも教えるよ。

そして、計画も決まって、
今、やるべきことがはっきりしたら、
あとは、実際にやるのみだな。

ただね。
実際にやり出すとわかるけど、
なかなか、計画どおりにには、いかないもんでさ。

理想を求めすぎて、
ハードな計画にしすぎちゃって、
結局、３日坊主になっちゃったり・・・

計画のとおりにやってみたけど、
なぜか、ぜんぜん上達しなかったり・・・

実際にやりながら、あれ？という場合は、
さっそく、計画を立て直してみような。

何度でも、計画を見直しながら、
自分に合った内容と量をみつけながら、
長く続けていくのがコツね。

わくわくしちゃうような、
明確なゴール（目標）を決めたうえで。
まずは、自分なりの計画を立てて、
実際にやってみる。

直すべきところを直しながら、
目標に向かって、全力でやり続ける。

そのクセを付ければ、きっと、
海は、最速で進化していくと想うぜ。

さて、次は。

憧れる人のマネをしよう！のススメ。

どんなすごい人でも、みんなそう。
最初は、憧れるヒーローのマネから始めて、
だんだんと、自分の色、自分のスタイルを、
身につけていったんだ。

だからこそ、まずは、
憧れる選手たちを、徹底的にマネすること。
それは、今、海の実力を伸ばしていくうえで、
すごく効果的だと思うよ。

好きな人の動画や記事をスマホで検索して、
プレイのフォームはもちろん、
練習方法、考え方、食事のスタイル、
同じ10代の頃にやっていたこと、など。

とにかく、見まくって、研究しまくって、
その人になっちゃう！
くらいの勢いでやってみよう。

そうすると、憧れの人が持っているセンスが、
だんだんと、海の身体にも染みこんできて、
今では、考えられないようなプレイが、
自然と出来るようになってくると思うよ。

そして、最後のひとつ。

誰も見ていないところで、
どこまで、頑張れるか。

練習や試合のときに、
友達や先輩と一緒に、頑張るだけじゃなく。
ひとりのときに、どこまで頑張れるか。

やっぱり、大きな夢を叶えるには、
そこが、勝負だと思うな。

まぁ、なかには、
すごい結果を出しておきながら、
「オレは、そんなにやってないけど」
って、天才ぶる人もいるけど、
それは、かっこつけてるだけだと思うな。

父ちゃんの研究によると、
やっぱ、すごい結果を出している人は、
みんな、見えないところで、
死ぬほど頑張ってるよ。

みんなと同じように練習して、
同じように休んでいたら、
そりゃ、結果も、フツーでしょ。

疲れているときも、
面倒くさいときも、
ダルいときも。

じぶんにきびしく。
ひとにやさしく。

夢を叶えたときの自分を想像して、
今でしょ！って、テンション上げていこう。

4年後のウィンターカップで。
満員の代々木体育館の客席から、
優勝トロフィーを持って、
ガッツポーズ！している海の姿を見たら・・・

きっと、父ちゃん、泣いちゃうだろうな。
ママも、絶対、横で大泣きしているだろうし。

その瞬間が来ること。
父ちゃん、今から、本当に楽しみにしてるよ。

そして、ここからは。

少し気が早いけど、
高校卒業後のこと、将来の仕事について。

バスケを続けていくにしても、
他のことをやっていくにしても、
今から、いろいろ考える必要はないぜ。

やりたい仕事っていうのは、
無理に考えたり、探したりするものじゃなく、
楽しいことをやっているうちに、
自然に、出逢うものだから。

その時、その時で、
全力でぶつかっていけばいい。
今は、今の夢を叶えることに、完全集中しよう。

そして、将来、
やりたい仕事に出逢ったときも、
やるべきことは、今と、そんなに変わらない。

バスケのときと同じように、
目標を決めて、計画を立てて、
実力をアップしていけばいいだけだ。

仕事の種類によって、
必要な知識や技術があるだろうから、
バスケのルールを覚えたり、
シュートの練習をしたように、
ひとつひとつ、身につけていけばいい。

精神面、ココロの面でも、そう。
いろんな人たちと、ぶつかりながら学ぶ、
人間関係。チームワーク。

ピンチでも、あきらめない気持ち。
負けないぞ！っていう爆発力。

自分のプレイを陰で支えてくれている、
多くの人への感謝。ありがとうの気持ち・・・

大切なことは、なにをやっても同じだから。
今、バスケで学んでいることは、
すべて、将来の役に立つよ。

この14年間、
海と、一緒に過ごしてきて、
父ちゃん、思うんだ。

海は、今、頑張っているバスケに限らず、
小さな頃から、なにをやっても、
自分でよく考えて、よく練習するし、
うまくなるのも早いし、センスがあるよな。

児童館でやってたドッジボールに始まり、
野球やサッカーも、とにかく上達が早いし、
SAJ2級に合格した、スキーもそうだし、
スクールに通っているビートボックスも、
クラクラ、マインクラフト等のゲームも、
デュエマ、遊戯王等のカードゲームも・・・

一度ハマったら、すごい集中力で、
かなり高いレベルまでやりまくるし、
なかには、大会に出るくらいのところまで、
ガンガンやるもんな。

うちは、昔から、海外も含めて、
とにかく、移動や引っ越しが多いから、
どこに行っても、最初は、友達もいないし、
えっ？ おまえ、誰？
この遊び(スポーツ)、知らねぇの？
そこからのスタートだったと思うけど。

いつも、海は、ビビらずに、
知らない集団に入っていって、
初めてのことをやり始めて。
最初はダメだったり、ナメられてても、
必死に考えて、練習して、うまくなりながら、
どこでも、友達を広げてきたよな。

何年か前、児童館の仲間数人に、
いろいろやられたこともあったけど、
「オレは父ちゃんの子だし、
こんなこと、気にしねぇよ」って、
負けなかったな。

そういうハートの強さも持ってる。

父ちゃんはもちろん、
キャンプの先生も、
バスケのアメリカ人コーチも、
みんな言っているように、
海は、自信を持っていいよ。

海は、マジでやれば、なんでもできる。

今後、いろいろ、
うまくいかないときがあっても、
オレはやれば出来る！って、自分を信じてさ。
七転び八起きどころか、
億転び、兆起き！のテンションでさ。
うまくいくまで、あきらめずに、
前に向かっていこうぜ。
父ちゃんも、ママも、
海のこと、いつも、応援してるからさ。

海に贈るコトバ（ＮＢＡ：プロバスケットボール選手の名言より）

大事なのは、成功のために努力し続けること。

ステフィン・カリー ――

試合で戦う時間は短い。自分と闘う時間が勝敗を分ける。

ケビン・ガーネット ――

僕の動きはどれも、一流選手から盗んだものばかりさ。
僕は報いたいんだ。動きを教えてくれた先人たちにね。

コービー・ブライアント ――

”君には無理だよ“という人の言うことを聞いてはいけない。

――マジック・ジョンソン

勘違いしないで欲しいのは、ボクにだけその才能があるってことじゃない。誰にでも才能はあって、可能性は限りないんだ。

――シャキール・オニール

身体のサイズは関係ない。ハートのサイズが大切なんだ。

――アレン・アイバーソン

高校時代は代表チームの選考から漏れた。９０００回以上シュートを外し、３００試合に敗れ、決勝シュートを任されて26回も外した。人生で、何度も何度も失敗してきた。だから、私は成功した。

マイケル・ジョーダン ――

成功は、やみくもに追い求めるものじゃない。それに向かって、たゆまない努力を重ねるものだ。そうすれば、成功は思いがけない時にやって来る。それをわかっていない人が多いんだ。

マイケル・ジョーダン ――

挑戦することを恐れるな。自分が挑戦しないことを恐れろ。

マイケル・ジョーダン ――

さぁ、おまたせ！

次は、空の番だな。

空は、12歳になったばかりだし、
まだ、将来の夢とか、
やりたい仕事っていうのを、
はっきりさせる必要は、まったくない。

今のまま、楽しいなと思うことを、
どんどんやりながら、
毎日、楽しく過ごしていくのが、
一番、大切だと思うよ。

父ちゃんから見ると、空は、
いろんな人のことをよく見ていて、
すぐに、やってほしいことに気付いて、
困っている人を優しくフォローしてあげられる。
そういう、すごいところがあるよな。

父ちゃん、そういうの苦手だから、
空を見ていて、いつも、
すげぇなって、思うよ。

この前、ハワイで一緒に過ごして、
空のファンになった、
父ちゃんの友だちも言ってたけど。

そういう優しさは、
とっても大切なものだから、
どんどん伸ばしていってほしいな。

あと、父ちゃんは、
歯をグッと食いしばって、
なにかに挑戦しているときの空が、
大好きなんだ。

普通の女の子だったら、絶対に怖がるような、
ハードな山歩きでも、急斜面のスノボーでも、
海での遠泳でも、荒波のサーフィンでも・・・
ビビらず、どんどんチャレンジして、
コケても、痛くても、すぐ立って、
必死に、最後まで頑張り抜くところ。

すごく、いいところだと思う。

そういうチャレンジする気持ち、
大変でも、最後まで頑張り抜く気持ちって、
誰にでもあるわけじゃない。
空は、すでに、それを持ってる。
そこは、自信を持っていいと思うぜ。

あと、空の、
お気に入りナンバーワンといえば・・・
やっぱり、ネコだよな！

この前、一緒に猫カフェに行ったとき、
空の嬉しそうな、とろけそうな顔を見て、
父ちゃん、かなり和んだよ。

もし、空が大人になっても、
ネコが好きだったら、
ネコに関する仕事も、いろいろあるぜ。

あの店で働いてみたいなぁって、
空も言ってたけど、
いつも、空が通っている、
吉祥寺の猫カフェのスタッフになるのもいいし、
いつか、自分で、自分好みの、
猫カフェを始めちゃうのもいい。

他にも、ネコの病気を治してあげる獣医さん、
ネコの毛をカットしたり整えたりするトリマー、
留守の家のネコの世話をするペットシッター、
血統書付きのネコを育てるブリーダーなど・・・

それぞれ、資格が必要な仕事もあるので、
興味があったら、
スマホや本で調べてみてごらん。

まず、自分で調べてみて、
よくわからなかったら、
父ちゃんやママも手伝ってあげるからさ。

あと、ビーズの作品、レインボールーム、
他のアクセサリーを作っている様子を見ても、
空は、モノ創りのセンスがあると思う。

特に、料理のテクや研究心は、ハンパないよな。
iPhone片手にクックパッドでレシピを見ながら、
ひとりで、買い出しリスト作って、
スーパーに買いに行って、
チャッチャッと料理している姿を見てると・・・

ちびママみたいで、頼もしいなって、
父ちゃん、いつも思ってるよ。

料理は、仕事って感じじゃないけど・・・
って、空は言ってたけど、
父ちゃんは、意外とありじゃね？
って思ってるけどな。

まぁ、仕事にするかしないかはさておき、
料理については、今、頑張っておくことで、
一生、役に立つよ。

おいしい料理を食べると、
みんな幸せな気持ちになるし。
カラダにいい料理を食べると、
みんな健康でいられるし。
父ちゃんは、これからも、
空の料理、楽しみにしてるよ。

この前、ハワイにいるときに、
毎朝、一緒に泳いでいたイルカも、
チャレンジしてみた、サーフィンも、
習い始めた、フラダンスも、ウクレレも・・・

これから、家族で、
ハワイにいる時間が増えるだろうし、
また、空にとって、
新しい世界が広がりそうだな。

空は、今、これにハマっててさ！って、
これからも、父ちゃんに、
気軽に、教えてよ。

空が興味あることは、
父ちゃんも、ママも、
なるべく、体験してみたいからさ。

空は、まだ、あと数年は、
お家でいっしょに暮らせるだろうし、
楽しいことを、いっぱいしていこうぜ。

9. Money-　オカネより大切なもの

そして、ここからは、
再び、海と空、ふたりへ。

次の話は・・・
ズバリ、お金の話!

これは、将来の仕事や結婚にも、
関係がある話だな。

まぁ、そうは言っても、
そんなにたくさん、
伝えたいことがあるわけじゃないんだ。

もちろん、
海も空も知っているように、
生きていくのに、お金は必要だし、
お金は、たくさんあるに越したことはない。

ただ、楽しく、幸せに生きていくために、
一番大切なものは、お金じゃない。

それを、海と空に、
はっきり伝えたかったんだ。

父ちゃんも、20歳の頃から、
いろんな仕事をしてきたから、
本当に貧乏なときもあったし、
かなりリッチなときもあった。

やっぱ、お金があったときのほうが、
楽しかったでしょ？ 幸せだったでしょ？
って思うかもしれないけど。

振り返ってみると、ぶっちゃけ、
「楽しいな」「幸せだな」って思う瞬間って、
お金のあるなしとは、
あんまり関係なかったんだよな。

お金のあるなしよりも。

海、空、ママ、家族のみんながくれた、
優しい気持ち、あったかい言葉。

仲間たちと過ごした楽しい時間、
苦しいときも、みんなで、必死に頑張ったこと。

「ありがとう!」って、
誰かに喜ばれたり、感謝されたこと。

そういうことのほうが、
よっぽど、幸せをくれた気がするんだ。

父ちゃんは、思うけど。
楽しく、幸せに生きていくためにはさ。
有名になったり、偉くなったり、
お金をたくさん稼ぐことより・・・
自分にとって、大切な人たちを、
ちゃんと大切にすること。
やっぱ、それだと思うよ。

もちろん、海も、空も、
大人になったら、
ある程度のお金は必要だろうし、
たくさん稼ぐぞ！って、頑張ってもいい。

ただ、どんなときも。

ひとにやさしく。
大切な人を、大切にすること。
それだけは、忘れないでいこうな。

10. Peace-　世界を広げて

海と空は、小さな頃から、
家族で、いろんな国を旅しているから、
感じていることもあると思うけど、
世界中には、今、約２００の国があって、
73億人の人がいる。

この先の将来、
どこで、
どんな人と、
どんなことをするか。

それを考えていくとき。

東京の中だけじゃなく、
日本の中だけじゃなく、
世界の中で、考えていいんだぜ。

世界は広いし、日本は深い。

世界中、日本中を旅してみたら、
まだ、海も空も知らない、
楽しいこと、面白いことが、
いっぱい、あるかもしれない。

求人サイトやバイト雑誌には載っていない、
今まで知らなかった楽しい仕事も、
そこら中に、ゴロゴロあるかもしれない。

やばい美人、好みのイケメン、
すごく気のあう人、メチャクチャ面白い人、
人生が変わっちゃうような楽しい人にも、
どこかで、出逢うかもしれない。

ただ、わけもなく、
そこにいるだけで、気持ちいい。
なぜか、ここにいると幸せ。
一生、ここで暮らしていきたい・・・
そんな運命の場所が、
どこかに、あるかもしれない。

大人はすぐに、「なんで?」って聞くけど、
行動するのに、理由なんていらないんだ。

ただ、ワクワクする気持ちに、まっすぐに。
大都会から、大自然まで、地球を飛び回ってさ。
王様から乞食まで、みんなとトモダチになってみな。

周りがどうこうではなく、
自分の心が感じていることに、正直に。

好きな場所で、好きな人と、好きなことをやればいい。

今回の人生、80年の物語を、
おもいっきり、楽しみながら、生きていこうぜ。

そして、世界にも、日本にも。

戦争があったり、
地震や津波や台風があったり、
病気、飢え、差別、暴力、イジメなど、
いろんな理由で、
困ったり、苦しんでいる人が、
たくさんいることも、忘れちゃいけない。

今、このときだって、
手伝いや助けを求めている人が、
リアルに、日本中、世界中にいる。

そういう父ちゃんも、
困っている人がいるのを知ってて、
見て見ぬふりをしちゃうことが、ほとんどだし、
たいてい、自分のことばっかりで、
日々、誰かのために頑張ったり出来るほど、
善人じゃないけど・・・

10年くらい前からかな。
素敵な人たちのマネをして、
インドやジャマイカのスラムで、
福島、石巻などの被災地で、
父ちゃんも、仲間たちと一緒に、
自分に出来ることを、やり始めてみたんだ。

そしたら、予想以上に、
すごく感謝されたり、喜んでもらえてさ。

その時、今までに感じたことのないくらい、
とっても、幸せな気持ちになれたんだ。

そのとき、父ちゃん、
ぶっちゃけ、ほんとに驚いたよ。
最初は、ただ、かっこつけて、
いい人ぶって、やってただけなのに。
誰かが喜んでくれることをやると、
こんなに幸せな気持ちになれるのかって、
初めて気がついたんだ。

しかも、最初は、
オレ、やりたい！っていうよりは、
どっちかっていうと、
オレも、なにかやらないと・・・
って感じだったのに。

実際に、やってみたら、
たくさんの出逢いがあったり、
新しい発見があったり、
とびきりの感動が満載で、
毎日、すごく、楽しかったんだ。

そこから、
父ちゃんは、変わったね。

自分も楽しくて、
誰かが喜んでくれる。
それって、最強じゃん。

これからは、そういうことを探して、
どんどんやっていこう。

そう、思うようになった。

これからの人生。
自分が楽しいなって思うことを、
一生懸命にやって、
その結果、誰かが喜んでくれる。

父ちゃんも、海も空も、
お互いに、そんな仕事や生き方が出来たら、
サイコーだよな。

11. With-　ずっといっしょ

さて、いよいよ。
この手紙も、最後の章になったね。

ここまで、いろいろ書いてきたけど、
海と空は、どうだったかな？

父ちゃんにしては、
少しギャグが少なかった？
ちょっと、マジメに書きすぎたかな？

まぁ、それだけ、
大切だなって思うことを、
心を込めて、真剣に書いてみたよ。

なかには、わかりにくかったり、
難しかったところも、あるかもしれないな。

そこは、父ちゃんに聞いてね。
お家で、この本を片手に、
また、ゆっくり話そう。

いつも一緒にいる、
海と空を前にして言うのは、
ちょっと、テレくさいけど。

俺ら、クサいの苦手なんだよねって、
ふたりは言うかもしれないけど。

最後だから、言わせてくれ。

これからの人生。
なにがあっても、変わることなく。
父ちゃんと、ママは、海と空の味方だ。
いつも、海と空が心の真ん中にいるし、
どこにいても、応援してるから。

あと、身体を大切にな。
家を出たら、誰もなにも言ってくれないから、
自分自身で、しっかりケアーしてな。
気になるところがあったら、
面倒くさがらず、早めに病院へ行くんだぞ。

もちろん、自分の人生だから、
おもいっきり、好きに生きていい。
ただ、命だけは、ちゃんと守るようにな。
絶対に、父ちゃんより先に死ぬなよ。
それだけは、父ちゃん、許さないぞ。

すごく嬉しいときも、
かなりブルーだなっていうときも、
なにもない平凡なときも。

いつでも、気軽に、電話やLINEして！

もちろん、近くにいれば、
メシでも食いに行こう。

父ちゃん、楽しみに待ってるから。

海と空へ。

何歳になっても。

父ちゃんは、
海と空の父ちゃんだ。

離れていても、
心は、ずっとそばにいる。

生まれてきてくれて、
本当にありがとう。

愛してるぜ。
父ちゃん。高橋歩より。

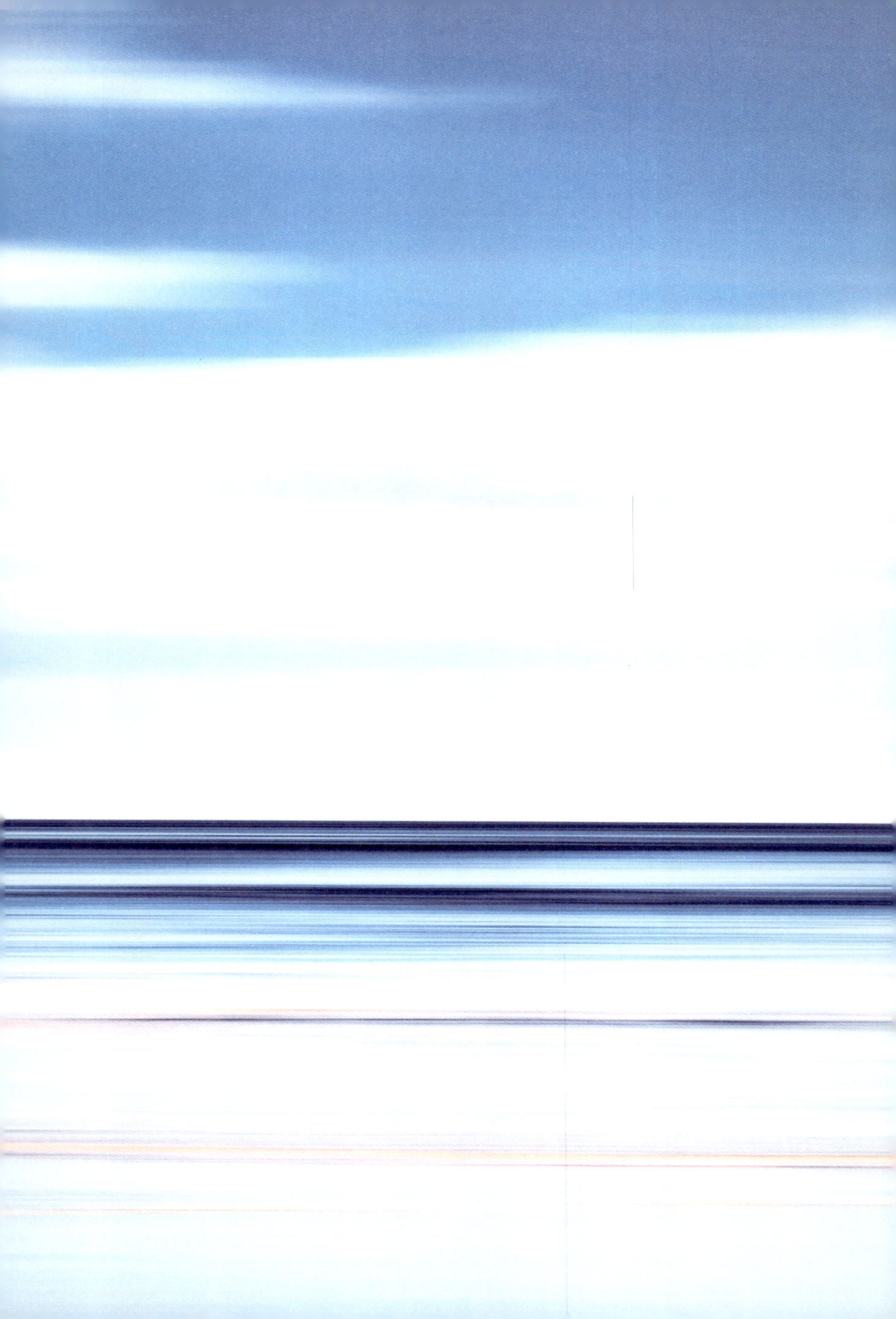

epilogue

この本を読んでくれた方々へ。

知らない家庭の内輪話に、
最後までつきあってくれて、
本当に、ありがとうございます！（笑）

子供たちが巣立っていく前に、
なにかを、ふたりに贈りたい・・・

そんな気持ちが、
心の奥に、ずっとあって。

自分は、本を書くのが得意技なので、
やっぱり、本でしょ！ってことで、
何度も書こうとしたんだけど、
なぜか、まったく、書けなかった。

今まで、さやか（ママ）とふたり、
子育てに注いできた情熱のすべてを込めて・・・
なんて思っていたから、
プレッシャーが、大きすぎたのかな？

過去、20冊近くの本を書いてきたけど、
確実に、一番、難産だった作品。

でも、スイッチ入って書き始めてからは、
間違いなく、自分史上、最速。

自分でも、信じられないくらいの集中力で、
一気に、書き上げることができました。

今、爆発的な執筆タイムを終えて、
なんともいえない、満足感に浸りつつ。

海と空は、これ読んで、なんて言うかな？
とうちゃん、いいね！って、喜んでくれるかな？
そんな、一抹の不安を胸に。

ここで、筆を置きたいと思います。

世界中の、父ちゃんとママに。
LOVE & RESPECTを込めて。
いつも、おつかれさまです！（笑）

高橋歩

海 と 空 へ

11 letters from father to children

2016年8月20日　初版発行

著　者　　　高橋歩

デザイン　　高橋実
編　集　　　滝本洋平

印刷・製本　中央精版印刷株式会社
発行者　　　高橋歩

発行・発売　株式会社A-Works
東京都世田谷区玉川3-38-4 玉川グランドハイツ101　〒158-0094
URL : http://www.a-works.gr.jp/
E-MAIL : info@a-works.gr.jp

営業　株式会社サンクチュアリ・パブリッシング
東京都渋谷区千駄ヶ谷2-38-1　〒151-0051
TEL : 03-5775-5192　FAX : 03-5775-5193

ISBN978-4-902256-73-4